山のじいちゃんと
チャボのボス

美才治幸子《びさいじさちこ》 作《さく》
小倉玲子《おぐられいこ》 絵《え》

もくじ

一　山へ

夏休みに入るとすぐ、四年生の太郎は、山のじいちゃんの家に泊《と》まりに行くことになった。一人で、しかも、往復《おうふく》歩きでだ。太郎の足では、少なくとも片《かた》道《みち》二時間はかかるだろう。

山のじいちゃんは、太郎のお母さんのおじいちゃんで、もう八十才《さい》をこえている。それなのに、まわりに一軒《けん》も家のない山の中で、たった一人で暮《く》らしているのだ。

お父さんと、お母さんは、そんな年寄《よ》りに息子を任《まか》せてだいじょうぶだろうかと迷《まよ》ったが、太郎の気迫《きはく》におされて、けっきょく行かせることにしたのである。

いよいよ出発の日が来た。

二階の子ども部屋からは、真っ青な夏の空が見える。

（あの空を飛べたら、ひとっ飛《と》びでじいちゃん家《ち》へ行けるのになあ）

太郎は、そんなことを考えながら階段を下り、玄関《げんかん》ホールに置《お》いてあるリュックを背負《せお》った。

「少し荷物《にもつ》減《へ》らしたら。必要《ひつよう》になれば届《とど》けるけど」

お母さんが心配そうに顔をのぞき込《こ》んだ。

「このくらい平気だよ。ぼくもう四年生なんだよ」

「困《こま》ったことがあったら、すぐ連絡《れんらく》するんだぞ。いつでも迎《むか》えに行くからな」

（まったく、お父さんまで）

太郎は、ぷうっと口をとがらせた。心配する二人の横では、弟がにやにやして何だかうれしそうである。

「お兄ちゃん、行ってらっしゃい。まあがんばってね」

これで自由にゲームができると言わんばかりに、バイバイと手を振《ふ》った。

「それじゃあ、行ってくるね」

太郎は勢《いきお》いよくドアを開け、家を出た。歩道で見送る家族の言葉を背《せ》に、国道をどんどん下って行った。

長い橋を渡《わた》りきると、ふいに後ろをふり向いた。ひょっとして、まだ家族が

見送っているかもしれないと期待したのだが、川向こうの歩道には、もう誰《だれ》も立ってはいなかった。少しさみしいような気もしたが、いよいよこれから一人旅が始まるのだと、自分に言い聞かせたのだった。

国道をさらに歩き、右に折《お》れると、風景《ふうけい》はがらりと変《か》わった。車一台がやっと通れるほどの道は、舗装《ほそう》はしてあるものの穴《あな》ぼこだらけだ。そのうえ両側《りょうがわ》から夏草がたおれかかり、ただでさえ狭《せま》い道をさらに狭くしている。そんな道を進んで行くと、日当たりの良いところに出た。耕《たがや》す人がいないのか、畑はクズのつるで一面におおわれ、こんもりした茂《しげ》みになっている。その中から何かが飛《と》び出してきそうで、びくびくしながら通り過《す》ぎた。

三十分も歩いた頃《ころ》、稲荷《いなり》神社に到《とう》着《ちゃく》した。道はそこで三方に分かれ

る。休むにはまだ早いが、山道に入る前に一休みしておこうと思った太郎は、神社の階段をとんとんとんとかけ上がった。

境内《けいだい》は太い杉《すぎ》に囲《かこ》まれ、薄《うす》暗く、ひんやりとしていた。

太郎は賽銭箱《さいせんばこ》の前の石段に腰《こし》を下ろし、水筒《すいとう》の麦茶をぐびぐびと飲んだ。

それから、ズボンのポケットに手を突《つ》っ込《こ》んで、お母さんにかいてもらった絵地図を出した。出発してからずいぶん歩いたように思ったが、地図の上では、まだ五センチも進んでいない。

頭の上の鈴《すず》を見上げた太郎は、思いついたようにガランガランと鳴らすと、ちょこんと頭を下げて足早に石段を下りて行った。

一休みして元気を取り戻《もど》した太郎は、だんだん急になっていく坂道を歩き続けた。夏の太陽はじりじりと照りつけ、ときおり額《ひたい》から流れ落ちる汗《あせ》が目に入り、煙《けむり》がしみるような痛《いた》みを感じた。

むせかえるような夏草の道を抜《ぬ》けて、一本松《まつ》が見えるところまで来ると、きゅうに見晴らしがよくなった。道の北側には、斜面《しゃめん》にへばりつくように数軒《すうけん》の家が並《なら》んでいる。遠くの方で草刈《か》り機《き》のモーターの音がする。このあたりでは、太郎はよほど久《ひさ》しぶりの通行人であるらしい。犬は吠《ほ》えるわ、老人は外に出てくるわ、おまけに、鶏《にわとり》まで鳴きだす騒《さわ》ぎであった。

二　沢《さわ》ガニ

一本松《まつ》に着くころには、のどがからからで、どうにもがまんすることができなかった。太郎は、松《まつ》の根元にどっかりしゃがみ込《こ》むと、残っている麦茶をすっかり飲んでしまった。その後食べたイチゴパイがいけなかった。前にもましてのどが渇《かわ》いた。どこかに飲めそうな水はないか探《さが》していると、一段下がった田んぼのわきに、湧《わ》き水が流れていた。急いで土手から飛び下りると、落ちてくる水に口をつけ、がぶがぶと腹《はら》がふくれるほど飲んだ。

満足《まんぞく》して戻《もど》ろうとしたときのこと、石の間から沢《さわ》ガニがひょっこり顔を出

した。沢《さわ》ガニは太郎に気がつき、素《す》早く身をかくした。

「かくれても無駄《むだ》だよ」

石をひっくり返すと、いたいた。見たこともないような赤黒いでっかいやつが。太郎は甲羅《こうら》の側からぐいっとつかもうとした。ところが、沢《さわ》ガニは急に身をひるがえし、大きなはさみをふり上げて、太郎の人差《さ》し指を、これでもかというほど強くはさんだのだ。

「痛《いた》い。なにするんだよう」

太郎は悲鳴を上げた。

思い切り手を振《ふ》って落とそうとすると、沢《さわ》ガニの方は落とされまいと必死になった。あまりの痛《いた》さに、指に穴《あな》があくのではないかと思った。

こうなれば最後の手段だ。太郎は力任《まか》せに甲羅《こうら》をぐいっと引っ張《ぱ》った。沢ガニはやっとはなれたが、はさみは太郎の指をしっかりはさんでいたのだ。

「いってえなあ。このやろう」

太郎ははさみを振り落とし、左手でつかんだカニを水面にたたきつけた。

沢《さわ》ガニは水に流され、やがて浅瀬《あさせ》に打ち寄《よ》せられた。

(死んでしまったのだろうか)

太郎がじっと見ていると、突然《とつぜん》、沢《さわ》ガニの腹《はら》がぱっくり開いて、中から朱色《しゅいろ》の子ガニがぞろぞろと出て来た。

生まれたばかりの子ガニは、クモの子を散《ち》らすように、あちこちの石の下にかくれて、たちまち見えなくなった。

後に残《のこ》った母ガニは、軽くなった体を水に浮かせ、下の方に流されて行った。

(何だ、母ガニだったのか)

太郎は、かわいそうなことをしたなと思った。

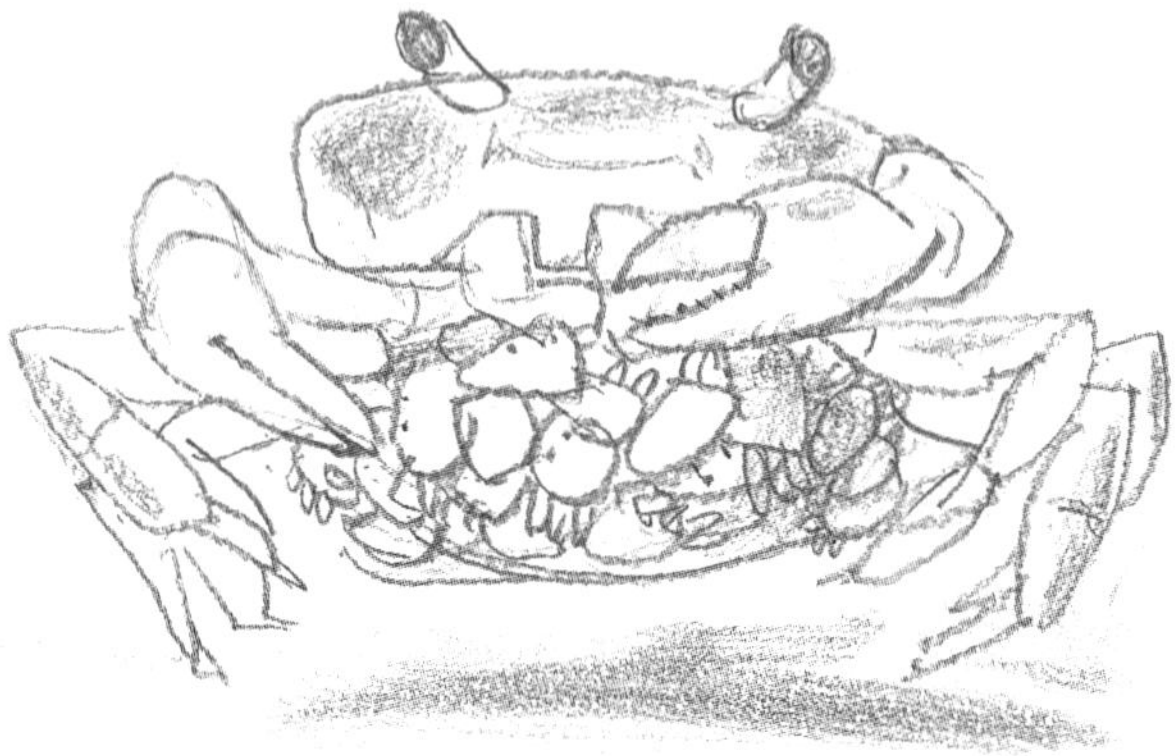

三　山のじいちゃん

一本松《まつ》から気が遠くなるほど歩くと、やっと、じいちゃんの家に続く細い山道になった。

S字カーブの向こうには、平屋の赤いトタン屋根が見える。

太郎はリュックを「よいしょ」と背負《せ》い直すと、かけ出した。

とうとう一人でここまで来たかと思ったら、うれしくて疲《つか》れなど、どこかに吹《ふ》っ飛《と》んでしまったのだ。

「じいちゃん、来たよう」

大きな声で呼ぶと、裏《うら》の方から、じいちゃんが長靴《ながぐつ》をバクバク鳴らしながら走って来た。

「待ってたぞう。よく来た、よく来たなあ」

真っ黒に日焼けしたじいちゃんは、節《ふし》くれ立った手を太郎の肩《かた》に置《お》き、顔中いっぱい喜《よろこ》びを広げて笑《わら》った。

「ふう、ガソリンが切れたあ」

太郎は、わざとふらふら歩いてみせた。

「おい、だいじょうぶか」

じいちゃんがリュックを持ってやろうとすると、太郎は、「平気、平気」と、ことわった。せっかくここまで誰《だれ》の手も借《か》りずにたどり着いたのに、ゴール直前で助けられては、がんばった甲斐《かい》がない。

太郎は、いろりのある板の間に上がると、リュックを引き寄《よ》せて、桃《もも》色の風呂敷包《ふろしきづつ》みを取り出した。

「はい、これお母さんから」

「ほう、何だろうな」

じいちゃんは目を細めて包みをほどいた。

真っ白い箱のふたを開けると、あたりに、甘《あま》くやさしいにおいがただよった。

「こりゃあ、久《ひさ》しぶりのごちそうだ。太郎の母さんは、わしの好物《こうぶつ》をおぼえていてくれたんだなあ。どれ、一ついただくとするか」

じいちゃんは、手を合わせ、頭を下げると、はみ出るほど小豆《あずき》の入ったずっしり重たいどら焼《や》きをほおばった。

「うまいなあ。小豆《あずき》の甘《あま》さがちょうどいい。母さんのどら焼《や》きは、職人《しょくにん》顔負けじゃ」

よほどうまかったとみえ、たちまち一つたいらげてしまった。

「どうだ、みんな元気でやってるか」

「うん、みんな元気だよ。じいちゃんは」

「わしか、まあ何とか自分のことくらいはできる。若《わか》い頃《ころ》に比《くら》べたら、そりゃ半分もはかどらないがな。太郎は弟と仲《なか》良くやってるか」

「まあね。ときどきゲームのことでけんかをするけどね」

「そうか。まあ、けんかするほど仲《なか》がいいと言うから」

じいちゃんは、そう言いかけて、急に外へ出て行ってしまった。一人になった太郎は、家の中の様子《ようす》を見て回ることにした。

いろりのまわりを見る限《かぎ》り、じいちゃんは、お世辞《せじ》にもきれい好きとは言えない。

湯飲み、薬の袋《ふくろ》、はさみ、なべ、茶わん、箸《はし》などが、クマの皮の敷物《しきもの》を取り囲《かこ》むように置《お》いてある。

土間の隅《すみ》には、卵《たまご》の殻《から》が山になっている。割《わ》って食べた後、放《な》り投げるらしく、命中《めいちゅう》しなかった殻《から》があちこちに散《ち》らばっている。

びっくりしたのは、土間の続きにある掘《ほ》っ立て小屋だ。そこには、壁土《かべつち》でこしらえたかまど、水が流れ放しになっている洗い場、石で囲《かこ》んだ火を起こす穴《あな》などが、地べたに並《なら》んでいたのだ。

(じいちゃん、原始人みたいな生活をしているんだ)

太郎は、こんなところに一週間もいられるだろうかと、心細くなってきた。

家の中を一通り見終わると、急にまぶたが重くなって、いつの間にか、いろりの端《はた》で寝込《こ》んでしまった。

三　山のじいちゃん

目がさめたのは、山の端《は》に日が沈《しず》み、うるさく鳴いていたアブラゼミの声もすっかり消えているころだった。

四　風呂《ふろ》小屋で

「目がさめたか。どうだ、夕飯前にひとっ風呂浴《ぶろあ》びるか」

「うん、入る」

眠気《ねむけ》の残った顔を、招《まね》き猫《ねこ》のようにこすりながら太郎は答えた。

じいちゃんは、太郎を風呂《ふろ》小屋へつれていった。風呂小屋と言っても、四本の丸太の柱に板きれを打ち付け、トタン屋根を乗せただけの粗末《そまつ》なものである。中には、手足を十分伸《の》ばせる広さの木の浴槽《よくそう》と、平らな石を敷《し》きつめた洗《あら》い場があった。

上を見ると、天井《てんじょう》から浴槽《よくそう》に向かって丸いブリキの筒《つつ》がぬっと突《つ》き出ている。

「じいちゃん、あれなあに」

「あれか。あれはな、わしの秘密兵器《ひみつへいき》じゃ。いいか、ここでよく見ていろ」

じいちゃんは、ふっふっと笑《わら》いながら外へ出て行った。

そのうち、天井《てんじょう》の方で、バリンバリン、トタンを踏《ふ》みつける音がしたかと思うと、筒《つつ》から水がどどっと落ちてきた。水は浴槽《よくそう》に八分目ほどたまったところで、ぴたりと止まった。

(なるほど、そういうわけか)

筒《つつ》の使い道が分かった太郎は、今度は秘密兵器《ひみつへいき》を見てやろうと外に出た。

屋根の上では、じいちゃんがホースをたぐり寄《よ》せている。

「ねえ、ぼくも上っていい」

「いいさ。来てみろ。これがわしの秘密兵器《ひみつへいき》だ」

風呂小屋の屋根には、ビニールシートが敷《し》いてある木の箱がのっかっていた。底には大きなゴム栓《せん》がついている。ここに裏《うら》山からホースで水を引き込《こ》み、太陽で温めて風呂に入れるという仕組みになっていたのだ。

「じいちゃん、あったまいい。まるでエジソンだね」

「エジソンか。わっはっはっはっはっ」

じいちゃんは、顔をしわくちゃにして大きな声で笑《わら》った。

太郎は風呂に入りたくてたまらなくなった。

下に下りて、入り口の竹ん棒《ぼう》に脱《ぬ》いだ服を投《な》げかけると、いきなり浴槽《よくそう》にとび込んだ。浴槽《よくそう》の湯は、暑《あつ》い太陽と、緑の林のにおいがした。ひざをかかえて頭まですっぽり入ると、小さな水の泡《あわ》が体中にくっついて、ぴちんぴちんと、はじけていった。

「わしも入るぞ」

太郎の後を追うように、じいちゃんが入ってきた。浴槽《よくそう》からお湯がザザーとあふれ出た。

「風呂《ふろ》は気持ちいいなあ」

じいちゃんは、持っていた手ぬぐいでごしごしと顔をこすった。

「じいちゃん、お風呂の中で洗《あら》っちゃあだめだよ」

「なあに、かまわんかまわん。茶わんも人も、よごれ物にはかわりない。そうだ、太郎見ていろ」

じいちゃんは目の前に手ぬぐいを広げた。そして下の方から両手で山を作り、それがしぼまないようにてぬぐいの端《はし》を寄《よ》せてきた。

「ほうれ、手ぬぐい坊主《ぼうず》だ。いいか、潜水《せんすい》するぞ」

風船のようにふくらんだ手ぬぐい坊主《ぼうず》を沈《しず》めると、ぶくぶくぶく、ぼわあんと泡《あわ》が立った。太郎はびっくりした。

「それ、やってみろ」

じいちゃんは、手ぬぐいをぎゅっとしぼって、太郎に渡《わた》した。真似《まね》してやってみると、大福餅《だいふくもち》のような風船ができた。

新しい遊びにすっかり夢中《むちゅう》になっている太郎を、じいちゃんは、にこにこして見ていた。

遊びにあきた太郎は、頭でも洗《あら》おうかなと、洗《あら》い場の方を見た。

「じいちゃん、シャンプーとボディーソープは？」

「そんなハイカラなもんは、ここにはない。風呂《ふろ》の湯はな、溝《みぞ》を通って畑に行くんだ。人のにおいのする水は虫が嫌《きら》うので、消毒《しょうどく》の代わりになるんだ。特《とく》にわしのにおいは効《き》き目があるらしい。虫が鼻をつまんで逃《に》げていきおる」

（まったく、じいちゃんの話はどこまで本当なのか、うそなのか）

太郎が立ち上がって外に出ようとしたとき、窓《まど》からチャポンと、何かが跳《と》び

込《こ》んだ。

「わあっ、カエルだ。じいちゃん」

太郎は浴槽《よくそう》の端《はし》にへばりつき、助けを求《もと》めた。黄緑色のトノサマガエルは、場所を空けてくれたとかんちがいして、見事な平泳ぎをしはじめた。

「ほれ、太郎がこわがっているぞ。あっちへ行ってろ」

太郎の泣《な》き出しそうな顔を見たじいちゃんは、カエルをつかまえて、外へ逃《に》がしてやった。

「ああ、こわかった。こっちに向かってくるんだもの。じいちゃんよくカエルなんかつかめるね」

「カエルをこわがってちゃあ田んぼには入れないぞ。明日田んぼに行ってみろ、ゲンゴロウ・ミズカマキリ・トンボのヤゴ・ヘビだって泳いでるぞ」

「えっ、ヘビ」

「そうさ、カエルがいるところにゃあヘビ、虫がいるところにゃあカエル、稲《いね》のあるところにゃあ虫がいるもんだ。カエルは稲《いね》の害虫《がいちゅう》を食ってくれる、わしのだいじなお友だちだ」

そうは言われても、トノサマガエルのとがった顔を思い出すと、ぶるっと身ぶるいがする太郎であった。

五　田の草取り

二日目は、きのうにもまして良い天気だった。
七月の田んぼは、たくましく育つ稲《いね》の草いきれでむっとしている。
初めて田んぼに入る太郎は、靴《くつ》は脱《ぬ》いだものの、泥《どろ》の中に素足《すあし》を入れられず、まごまごしていた。

「どうした。具合でも悪いか」

先に田んぼに入ったじいちゃんが、ふり返って言った。

「ううん、別に」

また、からかわれるのではないかと、言葉をにごしたが、本当は具合が悪くなるくらいこわかったのだ。田んぼの虫にさされたらどうしよう、カエルにとびつかれたら、気絶《きぜつ》しちゃうかもしれない、あれこれ考えて、しばらく田んぼとにらめっこをしていた。

(家にいるときは、山のじいちゃん家《ち》へ行ったら、汗《あせ》水流して働《はたら》こうと張《は》り切っていたのに、始めからこれではなあ)

太郎は自分の臆病《おくびょう》ぶりに愛想《あいそ》をつかし、思い切って生温《なまぬる》い水の中に足を入

れた。指の間からにゅうと出てくる土の感触《かんしょく》にぞっとしながらも、二歩、三歩と進んでみた。足にまとわりつく浮《う》き草にくすぐられて、草取りどころではない。

「こりゃあひどい。しばらく来なけりゃこのありさまだ。太郎、早くこっちに来てみろ」

じいちゃんに呼ばれた太郎は、泣《な》く泣く泥《どろ》の中を歩き出した。

「これはオモダカと言ってな、稲《いね》の栄養《えいよう》分を吸《す》い取ってしまう困《こま》りもんだ。今のうちにすっかり抜《ぬ》いておかねば、手遅《おく》れになる。種《たね》が水に流されようもんなら、ほかの田も全部だめにしてしまう。太郎が来てくれて助かった。わし一人じゃとても取り切れない」

抜《ぬ》かれた草は、茎《くき》の先に細長い矢じりのような葉をつけている。別の茎《くき》には、白い可憐《かれん》な花が三つ四つ咲いている。太郎は、こんなきれいな花を抜くのは、もったいないなあと思った。しかし、じいちゃんが困《こま》っているのをほっとくわけにはいかない、それに、たよりにされてはがんばるしかない。太郎は腰《こし》をかがめると、手当たりしだいに草を抜《ぬ》き始めた。草は方々に生《は》えていて、逃《に》げるアリを追いかけるようだ。そんな太郎の仕事ぶりを見ていたじいちゃんは、手を休めて声をかけた。

「いいか、草を取るときはな、目をあちこち移《うつ》してはだめだ。一本抜《ぬ》いたらすぐとなり、一本抜《ぬ》いたらまたすぐとなりと抜《ぬ》くんだ。まあ、広い田んぼを一気にすませようとしないで、一枚《まい》の手ぬぐいの広さを何枚《まい》もきれいにしようとすることだ」

　じいちゃんに教えてもらったようにすると、なるほど取り残《のこ》しがないばかりか、不思議《ふしぎ》と疲《つか》れなかった。手ぬぐい百枚分もすると、やっと一さくが終わった。太郎は腰《こし》を伸《の》ばし、あああっと両手を上げた。頭の上の太陽が、麦《むぎ》わら帽《ぼう》子《し》のひさしの中までかあっと入って来た。

　慣《な》れない仕事でへとへとになった太郎は、一足先に帰って休むことにした。

六　軽《けい》蔑《べつ》

太郎が目を覚《さ》ましたのは、日もとっぷり暮《く》れ、カナカナゼミの鳴き声もやんだころであった。

「よく寝《ね》たな。疲《つか》れただろう。さあて夕飯にするか」

じいちゃんは、掘《ほ》っ立て小屋に行くと、かまどに油の入った鍋《なべ》をのせた。

ざるにのっているのは、ピーマン・いんげん・なす・かぼちゃ、どれもじいちゃんの畑でとれた新鮮《しんせん》な野菜だ。

揚《あ》げたての天ぷらは、香《こう》ばしくほんのり甘《あま》みがある。太郎は、もっと欲《ほ》しいと、何度も皿《さら》をつき出した。

ざるにのせた野菜がなくなると、じいちゃんは、小屋の隅《すみ》に置《お》いてあるブリキのバケツを持ってきた。

中から何やら取り出すと、粉《こな》をつけずに、いきなり油の中に投《な》げ入れた。

ジュッと油がはね、真っ赤なものが、ぷかんと浮《う》き上がってきた。

「あっ、沢《さわ》ガニ」

鍋《なべ》をのぞき込んだ太郎は、思わず両手で目をおおった。

「こりゃあ夏バテに効《き》くんだ。田んぼの水入れ口のところで取ってきた。ちょうど食べ頃の大きさだ。それ食べてみろ」

じいちゃんは、油を一振《ひとふ》り切って太郎の皿《さら》にのせた。

「わあ、やめて」

太郎は皿《さら》を地面に置《お》いて、後ろへ飛び退《の》いた。

「そんなにいやか。食べてみればうまいのに」

太郎の事情《じじょう》など知らないじいちゃんは、皿《さら》のカニをショリショリと食べてしまった。食べ終わると、今度は、バケツの底《そこ》でジャリジャリ音を立てて逃《に》げ回る沢《さわ》ガニを、二、三匹《びき》つかんで鍋《なべ》に放《ほう》り込《こ》んだ。パチパチ、油が飛《と》び散《ち》った。

じいちゃんに背《せ》を向けた太郎は、ぎゅっとくちびるをかみしめた。

じいちゃんは、全部食べ終わると、

「しっかり食《く》っておかねえと、体がもたねえでな。ところで、太郎の好物《こうぶつ》は何だ」

と、たずねた。

「とりの唐揚《からあ》げだよ」

（ぼくは、じいちゃんとは違《ちが》うんだ）

太郎は軽蔑《けいべつ》の目で、じいちゃんの口元をにらんだ。

七　一大事

三日目の朝のこと、太郎は、裏のとり小屋へ卵《たまご》を取りに行った。

（おや、変だな、戸が開いてるぞ）

急いで行ってみると、何と言うことだ。十一羽いたはずのチャボが一羽もいないではないか。それだけではない。小屋中、抜《ぬ》け落ちた羽根だらけである。太郎はおそろしくなって、「じいちゃん、早く来てえ」と、大声で呼んだ。

その声を聞きつけたじいちゃんは、何事が起きたかと、血相《けっそう》を変《か》えてすっとんできた。

小屋に足を入れたじいちゃん

は、顔をしかめて中の様子《ようす》をぐるりと見回した。

「こりゃあ、ひどい。ハクビシンの仕業《しわざ》だな。それにしてもどうしてこの戸が開いたもんだか」

太郎は、どきっとした。

そう言えば、きのう、田んぼの草取りから早く帰ってきたときに、あんまり腹《はら》が減《へ》っていたので、とり小屋から卵《たまご》を取ってごはんにかけて食べたのだ。

そのとき、うっかり鍵《かぎ》をかけ忘《わす》れたのにちがいない。そのことをじいちゃんに言おうとしたが、しかられるのがこわくて、すぐには言いだせなかった。

「まあ、すんでしまったことはしかたねえ。食うか食われるかの勝負は、うっかりした者の負けだ。こんだあ、ハクビシンに開けられねえように、頑丈《がんじょう》な鍵《かぎ》をつけるとするか」

じいちゃんは肩《かた》を落として、とり小屋から出て行った。

その日も一日中田んぼの草取りは続いた。

仕事は順調に進んだが、太郎の頭の中は、チャボのことでいっぱいだった。

（もしかしたら、じいちゃんは、ぼくが鍵《かぎ》をかけ忘《わす》れたことを知っているのかもしれない。誰《だれ》が考えたって、ハクビシンが二つも付いている鍵《かぎ》をはずして、中に入るというのはおかしい。それに、きのうは、ぼくが餌《えさ》やりをしたから、じいちゃんはとり小屋へは行ってないはずだ。やっぱり、知っているんだ。きっと、ぼくがあやまるのを待っているんだ）

秘密《ひみつ》を持った太郎の心は、夕立前の空のように、どんよりと曇《くも》っていった。

この日、二人の会話が少なかったのは、夏の暑《あつ》さのせいばかりではなかったのである。

八　チャボのボス

その日の夜、布団《ふとん》の上で、太郎があっちを向いたり、こっちを向いたり、ごそごそしていると、じいちゃんが声をかけてきた。

「どうした。寝《ね》られないのか。チャボのことが気になるのか」

太郎は、足元に丸め込んだ薄《うす》っぺらな布団《ふとん》を引き上げ、頭からかぶった。

山の夜はとても静かで、ちょろちょろ流れ込んでくる湧《わ》き水の音と、さわさわこすれる竹の葉の音が聞こえるだけであった。

「あのチャボの中にな、一番大きくて、きれいなオスがいただろう。あれがボスだ。やつは卵《たまご》からかえったとき、押しつぶされてぺしゃんこになっていたんだ。そのままおくのもかわいそうで、いろりで一晩中《ひとばんじゅう》温めてやった。するとな、とっくんと心臓《しんぞう》が動き始めた。うれしかったなあ」

じいちゃんの低い声が、布団《ふとん》を通して聞こえてくる。太郎は、話の続きが気になってしかたなかった。

「太郎は、何か飼《か》ったことがあるか」

（えっ、どうしよう。きゅうに聞かれてもなあ）

太郎は、じいちゃんが早く話題を変えないかと、じっと待った。ところが、じいちゃんは黙《だま》っていた。気まずい時間が続いた。

根負けした太郎が、布団《ふとん》からぬっと顔を出し、

「うさぎなら、一年生の時飼《か》ってたよ」

と答えた。

「かわいかったか」

「うん、小さいうちはね。でも、大きくなったら、弟をひっかいてけがをさせたんで、人にやっちゃったんだ。じいちゃんは、ボスをずっと飼《か》っていたんだね」

「そうさ。ヒヨコのときにゃあ、毎日、ゆで卵《たまご》の黄身をつぶしてやったっけなあ。わしに似《に》て、よう食うやつだった。目が開いて歩くようになるとな、ピーピー鳴いて、わしを追っかけ回した。しょうがねえから、ふところに入れて畑につれてった。やつは、虫を追いかけねえで、わしばかり追いかけよった」

「かわいかった」

「そりゃあかわいかったさ。家族ができたようで楽しかったなあ」

「それなら、ずっとそばに置《お》いとけばよかったのに」

「そういうわけにもいかないさ。とりにはとりの役目というものがある」

「ふうん、役目か」

　太郎は、とりの役目って何だろうと思った。

「お前もボスの鳴き声を聞いたろう。やつは、コケコッコーーーーってな、長くのばすんだ」

　じいちゃんは、本物そっくりに鳴いてみせた。太郎は、おかしくて思わず笑《わら》い声をたててしまった。その声に安心したのか、じいちゃんは、いつになくおしゃべりになった。

「チャボのけんかを見たことがあるか。チャボは、トサカの大きさで勝負をするんだ。あるとき、やつと同じ大きさのトサカを持ったおんどりがかかってきた。とり小屋中、砂《すな》ぼこりをたてて大げんかだ。最後は、やつが相手のトサカをくわえて勝負あっただ。それからというもの、やつにかかってくるおんどり

は一羽もいなかった」

「ボス、かっこいいね」

「やつは、チャボにしておくにはもったいないようなおんどりだった。強いだけのオスはこれまで何羽もいたが、やつには、やさしいところがあった。いつだったか、めんどりの横でいっしょになって卵《たまご》を抱《だ》いてたことがあった。やつのまわりじゃあ、いつもひよこが遊んでいた」

（じいちゃんには、いろんな思い出があったんだ。あっさりあきらめたようだったけど、本当は、くやしくてたまらないのだろうな）

太郎は、ますます自分の失敗《しっぱい》がくやまれてならなかった。

外では風が強くなったらしい。風呂《ふろ》小屋のトタンがバタンバタンとにぎやかに鳴りだした。

九　ごめんなさい

じいちゃんの家に来て、四日目が過ぎようとしていた。

田の草取りもおおかた終わり、太郎はいつもより早く家に帰って一休みしていた。板の間で横になっていると、裏《うら》の方でバタバタ、バタバタバタという聞き慣《な》れない音がした。

何だろうと思って音のする方へ行ってみると、風呂《ふろ》小屋の近くで、一羽のチャボがホースに足を取られてもがいていた。

「あっ、ボスだ。帰って来たんだね」

太郎が手を出すと、ボスは、その手をつつこうとした。

しかし、かまれた首の傷《きず》がひどく、頭を立てることができなかった。

「だいじょうぶだよ。今助けてやるから、おとなしくしてな」

太郎がホースをどかしてやると、ボスは、バタバタと羽ばたいて逃《に》げた。太郎がつかまえようとすると、また、逃げた。

羽ばたくたびに苦しそうにうずくまり、いまにも息が絶《た》えそうだ。

太郎はつかまえるのをやめて、見守ることにした。

すると、ボスはとり小屋へ向かって、ひょっこ、ひょっこ歩き出した。仲間《なかま》を助けようとでもいうのだろうか。

小屋までたどりつくと、くたっと倒《たお》れ、静《しず》かになった。

太郎はかけ寄《よ》ってボスを抱《だ》き上げた。まだ体の温かさが腕《うで》に伝わってきた。

やがて、ボスの体は冷たくなり、目も足も閉じていった。

玉虫色に輝《かがや》く、美しいボスの羽根をなでながら、太郎は、「ごめんね」と、あやまった。

太郎は、ボスを裏《うら》山のトチの木の下に埋《う》めてやろうと思った。

家で飼《か》っていたカメが死《し》んだときのように、木の十字架《じゅうじか》を立てて、花も飾《かざ》ってやろうと思った。

林に入ると、木々がザワザワと鳴った。トチの木まで行く間に、日は沈み、急に風が強く吹《ふ》き始めた。林の木が、いっせいに、ゆっさ、ゆっさと揺《ゆ》れだした。

暗くなった林の中で、太郎は一人ぼっちだった。

こわくて、さみしくて、なさけなかった。

(さっさと、チャボを埋《う》めて、なんにもなかったことにすればいいんだ。でも、じいちゃんは、会いたいだろうなあ。チャボだって、かわいがってくれたじいちゃんに会いたかったのかもしれない)

大雨がくるのだろうか。ひんやりした風は勢いをまし、木々はくるったように揺《ゆ》れ、不気味《ぶきみ》な音をたてた。

風に身を任《まか》せ、立ちすくんでいる太郎の耳に、

「タロウ、タロウ」

と呼ぶ声が聞こえた。

「じいちゃあん」

太郎は、ボスを胸《むね》にしっかりかかえて、全速力で林を出た。

家の前まで来ると、戸口に積《つ》んであるたきぎの陰《かげ》にボスをかくして、そろりと家の中に入った。

「じいちゃん、ごめんなさい。ぼくが鍵《かぎ》をかけ忘《わす》れたんだ。そのせいでチャボがみんな死《し》んじゃったんだ。ごめんなさい」

太郎は、うなだれて、しめった土間をずっと見ていた。

「そうだったのか。もういい、すんだことだ。気を病《や》むな。うっかりすることたあ、誰《だれ》にもあることだ」

「じいちゃん、ほんとうにごめんなさい」

「だいじょうぶだ。また、つがいを飼《か》ってふやすさ。それより、太郎、いままでどこへ行ってたんだ。田んぼから帰ったらどこにもいねえで、あちこちさがしまわったぞ」

「ううん、あのね、ボスがね、生きていたんだ」

「本当か。どこにいる？」

「もう死んじゃったんだよ」

戸口のほうから、太郎は、ボスをかかえてきた。

じいちゃんの顔がきゅうに曇《くも》った。

太郎からボスを受け取ると、じいちゃんは、いとおしげにほおずりをした。

「夜おそわれたのでは、いくら強いお前でもかなわなかったな。こんな痛手《いたで》を負《お》ってよくここまで逃《に》げてきたな。長いことお世話《せわ》になった。お前は最後までりっぱなボスだった」

このとき、太郎は、初めてじいちゃんの涙《なみだ》を見た。


「さて、夕飯がまだだったな。今からこしらえるから、太郎はとり小屋をかたづけておいで」

じいちゃんは、腰《こし》にぶら下げた手ぬぐいで涙《なみだ》をぬぐうと、くるくるっとまわして、坊主頭《ぼうずあたま》にねじりはちまきをした。

十　いただきます

太郎が掃除《そうじ》を終えて帰ってくると、家の中から何とも言えない、いいにおいがしてきた。

「じいちゃん、かたづけ終わったよう。ああ、はらぺこだ」

「ごくろうさん。今夜は、山じゃあめったに食べられないごちそうだ」

じいちゃんは、大きな皿《さら》にかぶせてあった朴《ほお》の葉っぱを両手に持って、バンザイと、おどけてみせた。

「わあっ」

太郎は山盛《も》りのごちそうを見て、腰《こし》が抜《ぬ》けるほどおどろいた。

「太郎の好物《こうぶつ》、とりの唐揚《からあ》げだ。うまいぞ、さあお食べ」

じいちゃんは、青竹で作った長い箸《はし》を太郎に渡《わた》した。

「じいちゃん、先に食べて」

「いや、ボスをつれてきたお前からお食べ」

ボスと聞いて、太郎はやっぱりなと思った。これだけは誰《だれ》が何と言っても、絶対《ぜったい》だめだと口をむすんだ。

「どうした。食べないのか。せっかくつくったのになあ。わしが子どものころは、祝《いわ》い事がある日しか肉を食べられなかった。今日は田の草取りが終わった祝いの日だ。さあ、食べてみろ」

じいちゃんは、なんとかして太郎に食べさせようとした。

突然《とつぜん》、ボーンボーンと柱時計が鳴った。二人は、同時に時計を見上げ、顔を見合わせた。昼間のじいちゃんとは、別人のように疲《つか》れた顔であった。

（いろいろあったから、体にこたえたんだろうな）

太郎は、これ以上《いじょう》じいちゃんに迷惑《めいわく》をかけてはいけないと思った。おもむろに箸《はし》を持つと、てっぺんにある小ぶりの肉をはさみ、口に入れた。

青のり入りのぱりっとしたころもに包《つつ》まれた肉は、空《す》きっ腹《ぱら》に、いや心の中にじいんとしみていった。

「どうだ、じいちゃんの唐揚《からあ》げは」

「うん、うまいよ。じいちゃん、ぼくの好物《こうぶつ》をおぼえていてくれたんだね。これは職人《しょくにん》顔負けの味だよ」

　じいちゃんが目尻《じり》にしわを寄《よ》せ、にこっとした。

「どれ、わしもいただくとするか」

　じいちゃんは、お母さんのどら焼《や》きを食べたときのように、手を合わせ、「いただきます」と、頭を下げた。

あとがき

退職したら自分の好きなことをして、人生を楽しく過ごそう。そう思い、始めた児童文学。

今回、同人誌を読んで下さった「銀の鈴社」の方から、出版のお話をいただき、思いがけなく、夢が現実となりました。

この本を読んでくれている子供たちの姿を思い浮かべ、わくわくしてしまいます。

物語は、昔のままの暮らしをしているじいちゃんと、ゲーム好きな現代っ子、太郎との交流を通し、私たちが忘れている大切なものは何かを書いてみました。

私自身、自分で作るよりお金を出して買ってしまう生活を送っているので、偉そうなことは言えませんが、時々、そうしたことがむなしく思えてきました。その思いが高じて、山のじいちゃんは生まれました。

じいちゃんは、人目を気にせず、自然と共に自由に暮らしています。便利な道具も、多くの物も持たず、知恵と自分の力で工夫して解決しています。山の暮らしに抵抗をしていた太郎もじいちゃんの寛大な心に包まれ、徐々に変わって行きます。

物語は四日目の夜で終わっていますが、残りの三日間は、どんな出来事が待っているでしょうか。いずれにしても、山を下りる太郎は一回りも二回りも成長して帰ることでしょう。そして、じいちゃんが教えてくれた「いただきます」の心は、きっと一生の宝物となることと思います。

最後になりましたが、出版に際してお力添え下さった「銀の鈴社」の西野真由美様、柴崎俊子様、素敵な絵を描いて下さった小倉玲子様、そして、いつもお世話になっている「虹の会」の皆様、本当にありがとうございました。心から感謝しております。

美才治《びさいじ》　幸子《さちこ》（ペンネーム　**中野《なかの》　町子《まちこ》**）
1947年　群馬県生まれ。
長野県短期大学卒業。
日本児童文学者協会群馬支部「虹の会」同人。
「じいちゃんのはさみ」第47回群馬文学賞受賞。

絵・小倉《おぐら》　玲子《れいこ》
1946年　広島に生まれる。東京芸術大学日本画大学院修了。絵本制作、また、陶壁画も数点手がける。絵本に『るすばんできるかな』『7と3はなかよし』（JULA 出版）、『旅の人　芭蕉ものがたり』・『ぽわ　ぽわん』（銀の鈴社）などがある。

NDC 913
美才治幸子　著
神奈川　銀の鈴社　2011
68P　21cm（山のじいちゃんとチャボのボス）

定価＝一、二〇〇円＋税

鈴の音童話
山のじいちゃんとチャボのボス

二〇一一年一一月一〇日　初版
著　者──美才治幸子©
発　行──㈱銀の鈴社　http://www.ginsuzu.com
発行人──柴崎　聡・西野真由美
〒248-0005　神奈川県鎌倉市雪ノ下三-八-三三
電　話　0467（61）1930
FAX　0467（61）1931
〈落丁・乱丁本はおとりかえいたします。〉

ISBN978-4-87786-615-0　C8093

印刷・電算印刷　製本・渋谷文泉閣